Isabel Quiñónez

ALGUIEN
MAULLA

letras mexicanas

ONDO DE CULTURA ECONOMICA

Una desolación general, que primero ha tenido una larga génesis interior y que después aflora como un mal extendido por todo el Universo, circula por los poemas de *Alguien maúlla* de Isabel Quiñónez. La autora va dejándonos en sus poemas todo el vacío, toda la desolación, toda la llaneza de la vida moderna y como al sesgo, mas siempre en primer plano, se destaca también la quiebra de valores y categorías universales que se creían permanentes, así como de preciosos —desde el punto de vista interior— puntos de apoyo, aquellos a que nos asimos para sobrevivir en los momentos difíciles, y que, gastados, pierden su lustre y acaban por no funcionar en absoluto. Para la autora están, entre otros, la música de Glenn Miller, las películas de Bette Davis, la infancia, el catolicismo, las mitologías nórdicas. La falta, el envejecimiento de sus apoyos convierte la vida en la "indigerible flor del día".

Quiñónez sabe emplear sus imágenes y sus metáforas, que expresa con frecuencia en líneas tan bellas como la de este verso que constituye una frase musical redonda: "Sueñan a enero y a cedros cuando la tarde ya va cavando su hoyo". Esta tersura formal la debe probablemente a la lectura de los poetas castellanos cuyo eco se percibe tras varios versos, lectura que se traduce siempre en la firmeza, en la seguridad que proporciona la vuelta a una de las dos partes esenciales de nuestra tradición.

El tono de Quiñónez es denso, cargado, pleno de sensaciones múltiples, aunque a veces parezca la sencillez misma, como en el poema que da título al libro:

> alguien muere
> alguien maúlla...
>
> alguien maúlla anochecido
> alguien se va lamiendo todo.

ALGUIEN MAÚLLA

ISABEL QUIÑÓNEZ

ALGUIEN MAÚLLA

letras mexicanas

FONDO DE CULTURA ECONÓMICA

Primera edición, **1985**

D. R. © 1985, Fᴏɴᴅᴏ ᴅᴇ Cᴜʟᴛᴜʀᴀ Eᴄᴏɴóᴍɪᴄᴀ
Av. de la Universidad, 975; 03100 México, D. F.

ISBN 968-16-1858-0

Impreso en México

A Carlos

I

EN CLAUSURA, SONÁMBULA

EL MUSGO se me fue formando cuando aún estaba adentro
y era posible tropezar con las paredes:
     a veces los gritos negándose a sanar,
     el alboroto, los juegos
          que una antigua niña revolvían;
     de noche eran los sueños cabalgando,
     o me desbarrancó un dolor
          despertando su helado espasmo:
     la luz del poste entre las ramas,
     el diablo debajo de la cama, la muerte
     mirando en la terraza (era de tarde, era de
     voces, de pasto verde y salía de la manguera
     el agua, contenta hacía riachuelos),
     diciéndome "No más. Vas a dejar de respirar.
     Desaparecerás sin que te noten. Te va a faltar
     el aire"; era un calambre
     de fijar los ojos, un alambre de jalarlos
     cada cosa
          eran las manchas aún entumecidas
     y yo veía violetas y púrpuras y dalias estrujadas.

He regresado hoy hasta los cedros.
La reja clausurada. La fachada entumecida.
En el jardín, una tortolita polvorienta.
Adentro la paciente duela, adentro se me hunde
no sé cuánta suavidad.

     Mi cuerpo conoce esos cuartos, puede andarlos,
     oír el silencio puro de los vidrios.

¿Por qué ya es imposible, reja clausurada?
¿Por qué pensé que sólo amargo, oscuro, rencoroso?
     Nutrida de escondites me resguardo
del olvido:
octubre, naranja iluminada,
mañanas translúcidas, doradas;
tormentas que olvidé con música
y comiendo, tapando los oídos,
golpeando porque ya se derramaba
el vómito del odio.

Casa, casa, hiedes con todo el peso y salazón de los desastres,
en tus bajos revienta y se regresa fiel la espuma del naufragio.
Tumefacta, en tu clausura estás dormida, túmulo de huesos.
Sonámbula que cantas, en tu encierro

      están mis cuerpos,
madre, permíteme revolver esos terrores
y enterrarte bajo la claridad del día.
Y tomaré a todas las Antonias que agobiaste
a pesar de sus manteles frescos y sus resplandescencias.
Quedarán sólo los gorriones
trinando delante de la luz;
los gatos arqueándose
desde los cálidos instantes,
sus patas explorando, sus saltos a la barda,
a cruzar la reja clausurada
detrás de la que tú ya no me apresas,
descarapelada sirena, engastada en ese humo
donde canturreas y te callas, para continuar
enredadas peroratas;
donde interrumpes al darte cuenta de tu carne rajada

de ladrillo y besas tu rosal que no florea, te pones a mirar
el duraznero ¡como si así no enflaqueciera sin sus frutos!

Duerme sin soñar, no salgas de tu sueño,
te tengo atragantada,
estoy tosiendo y lagrimando, soy yo,
sigue, fantasma,
vivamos el camino hacia mis propios labios.

EN EL frío, resplandeciente aire,
zigzagueó el silbido,
como las quebradizas chispas
brotan de la rueda que afila
los cuchillos. Era diciembre
a través de la ventana.
Mis mejillas encendidas.

En julio una canción desperdigada,
como los brotes de hierba
en las aceras,
filtró la casa opaca,
era matinal, la hizo terrosa
como una cuerda que revienta.

Entre la ciudad y mis ojos,
el aire abierto, el estancado,
mi memoria se vuelve tan oscura
como la podredumbre
dulce, embriagante de una piña.

POLVO DE GIS, TORMENTA

La mañana es un compás que gira hacia la hora de recreo.
El patio se vuelve ingobernable entonces.
Tras los pilares la timidez observa
cómo se gana lugar para las reatas que golpetearán furiosas.
En tierras fronterizas hay grupitos que murmuran, fantasean.
Se corre, se desea
llegar al centro del caracol trazado con gis.
Polvo de gis espera en los salones;
desde la clase se mira con envidia las plantas
que se distraen en los pasillos.
El mediodía entra revoloteando a clase,
se topetea con las ventanas.
Por fin suena el timbre de salida, las puertas se abren
y hay un fugarse de la escuela hambriento, acalorado.
La tarde cabecea después de la comida,
comienza a dormitar en los cuadernos
y hay números que multiplica el sueño, ríos de letras negras,
sus nombres derivan lentos en la lengua.
Un trueno abre los ojos a las seis,
la lluvia baja diciendo los cuentos oscuros
que suceden en las nubes de tormenta;
la tierra musita un olor bueno,
las yerbabuenas reverdecen, los geranios encienden las macetas.
La noche alerta a los fantasmas;
manos invisibles abren las puertas de los aparadores,
alguien sin cuerpo pasa, cruje la madera.
Hay mariposas negras en los techos y son agüeros de los muertos.

ALELUYA

A VECES, casi por descuido,
subían el uniforme más allá de las rodillas;
a veces, por mirarlas,
los jardineros mojaron el cemento.
En voz baja hablaban de sus juegos esas niñas
que hicieron la leyenda de Nuria más negra y atractiva
—Nuria, con sus manos de guanábana,
había pescado a escondidas.
En regiones prohibidas gozaron de la risa
aquellas turbadoras de cinturas monjas;
cruzaron una que otra vez bajo las túnicas
de madres ocupadas en fijar su vista en las alturas.

DOMINGO SIETE

DOMINGO siete acosado por la noche
nervioso Lunes llega a clases
Martes se aburre en el pupitre
Miércoles con sus dedos azules de tinta
lleva el lápiz a la entreceja
el cosquilleo cuando oye de la nieve andina
ve planear cóndores negros papalotes
Jueves tienta el chicle hecho bolita en la mochila
hace sortilegios para cerrar la casa de la caligrafía
la tarea y su gran ejército no pueden vencerlo
Viernes sale de la escuela saltando a comprar chile piquín
no saluda a los señores estatuas
desconfía de las señoras
que imponen sus buenas costumbres con vasos de leche
Sábado asoma con disfraz al paisaje de papel
vaga entre los pinos de follaje negro
entra en el cuarto de oro
se desliza con zapatos silenciosos entre los guardianes dormidos
Domingo tiene que salir de paseo con la noche
que amenaza cerrarle los ojos
con sus amigos juega a "el día será para siempre"
pero la tarde los hechiza la noche muerde sus corazones.

FOTOGRAFÍA CON BUENA LUZ

VOLTEAS la página y la encuentras,
pero ella no te mira te disuelve en su mediodía:
y en ese patio caluroso
tu memoria atraviesa los sombríos cristales de otra casa,
el frío de su silencio,
los escondites que te ocultan de la furia.
La tristeza te hace mirar
columnas de hormigas implacables que llevan
hojas destrozadas, semillas que no germinarán, abejas muertas.
Tus dedos recorren los punzantes tallos de las rosas.
Entonces escuchas a las primas reír con tía Sandra,
y un viento suave nace de la casa donde hablan;
te aturde esa frescura,
y amaina la ansiedad, su agobio.
Vas a la dulce sombra de la cocina
atraída por esas voces como hilos transparentes,
caes en la milagrosa telaraña hasta su centro urdido con afecto;
y es el aroma de los plátanos que fríen,
el agua de frutas, hasta el arroz alegre con sus bromas.
Tía Sandra y las primas te iluminan,
te salvan del gris que duele en las demás fotografías.

AL FILO de la montaña no está la sordera,
está una violácea necesidad de escuchar.

Muchos árboles hubo,
frondas mojadas había,
después, esqueletos de ramas.

Es el murmullo de la mutilación,
la opaca voz de la herida.
¿No las oyes tú, pájaro?
¿No las oyes, plúmbeo, llovido?

Reseca. Las nubes no saben.
Terregales a espaldas del sol.

Dime, rostro que miras la noche,
¿sirve oír si uno está mudo?,
¿escuchar, si uno no entiende?

Pájaro perdido, vives hacia adentro:
el sueño está muerto,
sus babas escurren fugaces;
la transparencia es árida,
y la opacidad, un morboso asno amarillo.

Y tú, mi pájaro,
posado sobre un tocón,
con tus párpados cerrados,
entontecido de delirio,
tú sin saber que no existes.

No HE casado con la sangre. Un monumento
de aire es mi cansancio, una hora
que baila en redondel sin alas. Observa:
me observo ante el espejo:
la misma cara de sí ya sustraída
brillando en la nada que le pasa,
el fue será: el es cansado repitiendo

lo oscuro que turbiamente me fluía;
mar negro y negro mar, y la espumante nieve
batiéndose en la nada, ardía.
Enfermedad, melancolía. En esta sangre adelgazada
no hay oscuro, ni arde. Esta corriente
tibia fluye por la planicie de sus días.

GATA PALOMA

VEN
    revuélcate otra vez bajo mi sombra
mansedumbre malhumorada como siempre
cariño pule tu brillantez
gata morosa
gata paloma del aire oscuro
te siento   amiga   querida mía
te veo tan bien
            amable
                acomodada como siempre
      ante el espejo
lamiéndote los golpes

CUENTO DE LLUVIA

ÁRBOLES y matorrales sudando vapor de agua.
La neblina dilatada, ondulando
                              en las laderas.
Una manada grisácea encima de los montes viene desbocándose
                la estampida del verano;
en las primeras horas de la tarde
                            los goterones tibios amansan el calor.

    "Te vi venir con tu uniforme acinturado,
el sombrero de paja y su racimo de frutillas,
                              el bolso azulmarino
y luego irte borrando
                bajo el alero de la Casa Rápalo la lluvia
que bajaba mojando el aire, trenzándose en arroyos,
copando alcantarillas, remolineando, redondeando,
                              rebalsando las banquetas.
Las calles eran aguajes, y todavía goteaba.
Me gustó el sol apaciguado entre las nubes.
    Te seguí con los zapatos reblandecidos; olían los almendros
y los mangos. Tu ropa estaba empapada y tibia y tú
                        como que no te dabas cuenta,
caminabas.
        Me quedé en la esquina, bajo del tamarindo
estuve hasta la noche, y no asomaste fuera de tu casa."

            Aquel verano de interminables lluvias.

    "Regresé bebiendo y me mirabas en los charcos,
entré en mi casa sin que se dieran cuenta, y me eché a soñar
en el tapanco."

En la fiesta de la Inmaculada los magnavoces difunden a
Glenn Miller
          en el parque los laureles de la India;
las luces rojizas, azulosas, verde-amarillentas.

    "Tu rostro impregnado por magnolias."

La catedral enfrente. El verdín manchándole los muros.

    Es el estado húmedo del aire. El mar espeso
                        en el firmamento.
    Una luminosidad desentendida
                la música
                      desteje esa penumbra.

    " 'Serenata a la luz de la luna',
    ¿quieres escucharla otra vez?"

Varas de luz irradian de las nubes hasta el patio,
                      se eleva el vaho;
y de una hoja a otra hoja caen las gotas
                    de la última llovizna.
    "Es el estado húmedo del aire,
              me cansa la humedad perenne.
Mi espalda se alivia al apoyarse en tus piernas encogidas.
    ¿Quieres escucharla otra vez?
Son mis huesos. Hay que desempañar los vidrios
asordados por la lluvia."
              El recuerdo moja
la garganta; la madera hinchada que se pudre.

ALGUIEN MAÚLLA

Casa olida a anochecer
vick vaporub
trapos calientes
alguien muere
alguien maúlla
casa de cemento
sin nariz
sin piel
alguien maúlla anochecido
alguien se va lamiendo todo.

PERSONAJES EN CLAROSCURO

Te dije: sí, en la alfombra,
"no duele, no hace placer", resonó en las paredes.
El cuarto había criado un olor, como de enfermo.
Esa noche, impregnaba la luz televisiva;
estábamos disueltos en el claroscuro, asordinados.
Miré intensamente la pantalla deseando que me desmontaras.
¡Y cómo entró contoneándose en la cantinucha, imponiendo
su gran trasero! Bette Davies. Pidió una bebida barata.
Sus labios brillantes en el aire rancio.
Los monosílabos corrían por nuestros cuerpos
temblando por los escalofríos del vómito.
Los hielos impusieron su heladez dentro del vaso. Bette
había entrado porque su cinismo o su desesperación,
o tal vez sólo porque la calle estaba oscura y adentro brillaba
la trompeta (aún odio esa melodía):
viciada, obsesiva, ardiente como el alcanfor de la pomada
que me unté; tú me frotabas.
El televisor sembraba granos luminosos en el aire, granos de
                                                    [sonido,
germinándolos como un dios de rostro numeroso:
fue el fluorescente, gris, manchado leopardo neurasténico
que echado en la esquina pintaba su hocico de carmín:
y el tono destelló con el close-up al fastidio de sus dientes;
su nariz expelía un humo exasperado. Bette se quitó los zapatos,
frotó sus pies provocativa.
Los míos no los sentía. Mis piernas eran garras de tan frías.
Bajo la mesa estaba un deseo maduro, agriándose. Ella se volvió
a mirarme: era la melodía enroscándose en el humo,
deslizándose hacia mi garra izquierda, que tú tenías trenzada.

24

El enfermizo resplandor de la pantalla
es un bálsamo
ahora que estoy aquí en la cama, dada de alta,
y no es por un dolor que me inclino y me acaricio el estómago
y el vientre.

DOMÉSTICA DEMENCIA

En la tarde   mansa como el agua en un florero
cabecea
                sus ojos entreabiertos a un breve pensamiento
Ni visto ni escuchado por mujer
                                héroe sigilosamente empantuflado
adentro de su bata el cuerpo le da forma
empaña el espejo pues respira y pesa
recostado enfrente de la cuna
Lo perturba sólo el zumbar de aquella mosca
                que revolotea en la parte de atrás de su memoria

        "yo tuve un perro al que di carne para hacerlo fiero
                                    y se murió
        yo modelé el más perfecto Napoleón en plastilina
        lluvia de hojas en la pila
        galope en las calles empedradas
                        días como soles
        recortando en el patio figuras de cartón
        que parecen hombres y el olor a hembras
                        las gatas chillando como hembras
        tenso la goma   en el horcón   la piedra
        horada mi presa mueve las piernas las agita
            salto entre los charcos y me encuentro
        tengo que cuidarme   soy pequeño..."

Bosteza   distiende su espalda quebradiza
        su costillar como una flor ajada
No quiere irse   está cansado
cumpliéndose la gana frente al niño

        "animalito hinchado   ciego   inmóvil"

26

Y el sueño claro   ese pequeño incendio
profiere una sílaba antigua al despertarse
                Un antagonismo se curvea expresando la distancia

        "entre tus manos que juegan con la luz
        y éstas que se tuercen como el carmín loco de los Judas"

Los ruidos y las sombras se repliegan
El cuarto tiene un solo sentido:
el resplandor teje su senda
                La indiferencia vacila ante la vida
El temblor por lo que ya no se refleja

        "me resquebraja"

Lagañas   coágulos de lágrimas
De pared a pared cuelgan los hilos de los recuerdos

        "animalito absurdo que no ves ni entiendes
        que ignoras los sabores
        sólo tu piel se daría cuenta
        si te lamo   si te rozo   si te unto"

Se adormila   en su doméstica demencia
existe y se revuelve
                Un breve pensamiento se abre hacia el tiempo
regresa a él desde las sombras
                        el terror
le arroja su rostro deformado

        la sombra de un arbusto en flor como la muerte
        el cielo lejos como la mañana
                        arriba entre las nubes

relampaguea la luz por muerte
                    muerte por aire
le daban todo
            menos un poco de paz en su cabeza

"estoy tan cansado

cantando en la muerte de la tarde
toda mi vida esperé que llegara este momento
canta pájaro negro   aprende a mirar
                        aprende a trinar en la negrura

Tú me Inventas si Sonríes
Dilo animalito hinchado
inmóvil   ciego
Dilo empolladura ronca
degeneración   médula del hombre
sólo esperaba que llegara este momento

Flamearon esqueletos irguiendo sus entierros
pero mis pies siguieron caminando
en esas tierras movedizas
El crimen hubiera sido hundirse
        no caer
                avanzar apoyando las rodillas
En el bolsillo llevaba el catecismo
abierto en donde dice
        Hay que recomenzar creyendo en la virtud
        arrepiéntete y serás sanado
        la ambigüedad de la que te retractes
        ha de serte perdonada   hijo
                        Sigue viviendo
Si Insistes en Forzarme la Sonrisa

y dije (prometiendo)
creo y quiero   con la carne magullada
cualquiera fantasea
      no es función de la vida la pureza
      es crecer   llegar a la sazón
No me hagas llorar   No me hagas reír   Niño
    yo he sabido sortear   jalar hacia adelante
    como harás tú cuando precise   Nene
    irás cambiando
Ve en mí la tergiversación de tu mudanza
Somos los gemelos   Bebé   ¿entiendes?
               el mismo perjurio
sólo que yo ya lo efectué y tú lo estás fraguando
Es idiota la mitad de lo que digo
        al madurar no sólo he envejecido
¿es mucho el peso que te arrojo,
    tu exagerada claridad no lo resiste?"

Hilvanado en esa somnolencia se detiene
El sueño quisiera abrir sus alas a la muerte
en voluntad perfecta   en luz   y consumirse

MUJER DE NEGRO Y PECES

DENSO de noche el mar avanza,
su respiración golpea mis oídos.
En la marea de oscuridad se acercan
mis desconsolados peces;
conocedores de llantos
están cantando mi muerte,
boqueando entre la espuma.
Pero yo me balanceo en mi mecedora,
bajo el cono de luz,
con mi certeza:
conozco sus llantos.
No me distiendo más allá
del borde iluminado.
He sido hábil para hacerme la muerta,
atrapar y tullir esos momentos
que luego ensalivé hasta saciarme.
Pero este sabor a insectos en la boca,
este ardor en los ojos
tuercen la quietud en que me he hartado.
Es la noche,
me desquicia
agiganta el chirriar,
los zumbidos que larvan oquedades.
El denso mar avanza.
Mis peces se agitan como olas,
sus escamas raspan los muros de la casa,
me engarruño
y tengo que arrastrarme hasta la esquina,
dejar el círculo de luz que me protege

de su tiempo imaginario.
Noche a noche me sitian,
muerden el quicio de la puerta,
se asfixian
y mi cuarto es pequeño como un grito.

LA PLAYA DE LOS MUERTOS

Aquella niña moja los corales
horadados por la sal, limados por el viento,
reverbera, traslúcida.
Gotas graves caen de sus trenzas,
atestiguando la pasión del océano incesante.

Soles idos alumbran esa helada multitud.
Los náufragos emergen, gotean sobre la arena;
entre las conchas y la espuma caminan los ahogados,
embebidos de abismos y de sueños.

Funden los soles, se licuan en un flotar de algas;
suenan los opacos tablones del casco enarenado

en pleamar
arrancaban los hierbajos
y percebes
que crecían
en el galeón
dorado y rojo y oro
a merced del oleaje
derivó hacia los escollos;
oscilaron sus mástiles
entre los vientos contrarios
las olas y sus crestas espumeantes;
el mar amargo y denso fue bebiéndose al navío

Tras el naufragio
las velas olvidaron el graznido de las aves,
perdieron sus recuerdos las maderas

"nuestros ojos
se enturbiaron con las luces muertas; las algas se enredaban
en nuestras carnes hinchadas;
            el agua nos invadió hasta el alma;
corrompidos, nuestros cuerpos sentían aún su irrealidad:

            corales los herían;
            transparentes medusas
            pulsaban su luz sobre nosotros;
            cardúmenes plateados,
            ojos infinitos mirándonos;

    olíamos a yodo,
    y nuestra tristeza descomponía la sustancia sagrada del
                                                [océano
            Vi mi muslo adelgazándose salobre,
            En sus mejillas fueron a fincarse caracoles,
            Tus cuencas eran conchas:
No es que quisiera bendecirnos la azul aguamarina,
era que debíamos cambiar:
            escuchar a las sirenas en su fulgurante soledad,
            a las que lentas van, ardiendo en sombra.
    Si algún velero hendía las corrientes, su luz rielaba hasta
nosotros:
            deseamos ser pulidos, óseos y ligeros,
        ser arrojados como el sargazo y los pedruscos a las playas:
entonces cantaríamos el salmo antiguo de las tribulaciones.
    Soñábamos al aire más ligero que el aire
            bajo la multitud de las estrellas
        avizorábamos el firmamento
            las ondulantes sombras de las aves
        incitaban nuestra esperanza insensata
            hacia un cielo sin vapor, sin nubes,
                        sin neblinas.

Sarcástica o piadosa ascendió el agua adelgazada,
formando su espuma nubes inminentes,

maduraron opacándose,
en su vastedad los vientos oscilaron;
las turbias masas tempestuosas borraron las alturas
en una catarata de violencia.

La gente de las costas rocosas oraba por el naufragio
de los barcos, querían sus tesoros.

Nosotros imploramos a los soles idos;
que fueran escuchados nuestros rezos: Océano ansía
los reinos terrenales.

Hemos vuelto
por donde caminemos el agua abrirá cauces subterráneos,
brotarán manantiales, arroyos confluirán en ríos
sus aguas se despeñarán veloces,
con rizados oleajes brillarán, deseosas de la verdeazul violácea
inundación marina.

Hemos regresado tras de la borrasca
nos impulsa la sombra de las aves.
Hemos vuelto con nuestra esperanza insensata."

II

UN PATIO EN DONDE ESTAR

SE RECLINA el árbol
en la barda
como un venado atardecido.
Más allá humea
la marejada de hombres.
Apenas los cláxones
revientan
en las inciertas lámparas
de neón.
En el crepúsculo disperso
un gato asoma,
salta al herbazal en sombras.
Azul oscuro
      debajo de los astros
el mundo se reúne.

VOZ ENTRE RAMAS

Algo nos lleva a la cocina en sombras,
detiene nuestra mano a punto de encender la luz eléctrica.
La puerta se abre a la temperatura de la noche,
los ojos se nos vuelven como ramas,
las hojas nos protegen de fugarnos a nubes de papel pálido y
[secreto.
Algo nos detiene en la noche desasida;
algo, desde siempre, en el sereno.
¿Qué musita en los bordes de las nubes?
Quieto resplandor, tinta infinita remansan a la orilla de la luna.
Alguien exprime raíces, alguien descifra sus manchas
y dibuja una muchacha triste, una liebre que tiembla.
Desde esa redondez nos llaman hombres olvidados,
la sombra de sus manos, sus ojos deshechos por el viento.
La luna es un sonido iluminado, un gesto que sobrevive al sueño
[y al silencio.

HA REGRESADO EL VIENTO

EN VERDE encrespamiento
se riza, avaricioso, alegre,
el ahuehuete;
las golondrinas en oleada:
   ha regresado el viento
     el rito:
   la primavera descuajará
     sus flores
   en frutos de las lluvias.
Despertarán las pieles mojadas
por la lluvia,
saldrán de su cuarto adormilado,
avanzarán, entre malezas de colores,
        húmedas, embebidas.
Ha de cerrarse el cielo,
    habrá de apenumbrarse:
               vibrará,
se pondrá tenso hasta la pesadumbre,
hasta el agobio que lo desate
             en lluvia.
¡Oh, día de la tormenta!
¡Oh noche de nuestra meditación nublada!
De las oscuridades vienes,
         a las oscuridades vas
de nuestros ojos, abriéndonos
donde no sabemos
       sino cuando te hiendes,
  extasiada, aquietándote:
orilla del luminoso estanque
   donde cintila la paz de las estrellas.

39

DESCANSO EN LA HUIDA A EGIPTO

EL ÁRBOL profundo
en el lindero del camino.
Los montes: qué apacibles.
El árbol verdeazul,
infuso, silencioso;
y un lago que lleva hacia la nada.
Enraiza el árbol ese mundo.
Hay una virgen
sentada a la vera del camino;
sus pies entre las briznas
de hierba,
y crecen los dulces tallos
de los lirios.
Ha nacido un manantial:
un poco de transparencia
gotea sobre mi mundo.

SOLEDADES

1
ABRE la luz ¡ah, brisa!
desde su alanceada soledad
            la estrella:
el eterno silencio
        del espacio infinito.

2
Las olas
        arrastran mis palabras
bajo su cristalina sombra
no quedarán
                sino las algas.

3
Los patos
        en la neblina
¿Desde qué soledad
        llovizna?

4
            Ese cúmulo
anónimo y rojizo
                rodeado por el frío
como la muerte.

5
Fresca y luminosa ceniza
que me has dicho de lejos

cuál es mi boca
           mi hueco
apártame de mí
        sella este acuerdo.

CANCIÓN

Relampaguea el cable del tranvía
y el foco azul   su sombra intermitente
el muro va tomando forma
y pesa y es opaco
como una ballena que despierta
y sale a respirar
y es solitaria la mañana
azul y gris como la lluvia
adiós   mojada y temblorosa
adiós si ya te vas
si ya te llevas tu vida.

Quien amo vive junto al gran Mar.
¿Cuándo podré ir a verlo?
El viento lo acaricia en las mañanas,
cuando va por la playa con su andar de oleaje.
La verde densidad está en sus ojos;
en su piel, las apacibles, húmedas arenas.
En su boca remansan las espumas más ligeras.
Fue modelado por mareas su cuerpo:
en la pleamar los hombros,
el vientre en bajamar.
Con fuerza de batiente su espalda
curvea, se hunde, toma impulso,
se enarca doblemente majestuosa.
Del mar es la frescura de sus grutas;
él le sembró esa mata de algas

que esponja una perpetua brisa.
Marino es y fluye
y se amansa como el océano de noche.
Su piel tibia y salina
de tanto sumergirse se volvió secreta, silenciosa,
como los animales de las profundidades.
Mi amor vive junto al gran Mar.
¿Cuándo podré abrazarlo,
amanecer con él junto al rumor salado?

EL POEMA amanece,
nos despierta con las dulces palabras esenciales.

El poema va aclarando,
                        su voz modula lo entrañable.

El poema nos adentra en la mañana,
tacto, íntima luz, calidez de nuestros nombres.
                                El poema encarna.

            EL AMOR no hace aire
                            lo perturba
        el amor no hace amistad
                    no tiene blanca
                        que ofrecer en los bolsillos
        el amor eructa las costumbres
        el amor conviene
        en beberse el tiempo   el viento
            hasta que muere

ME ABRES

Nadie, ni el silencio
me abre
como tú, ni el tiempo.

CABALLOS CIMARRONES

EL OLEAJE va y viene
en la playa: arena fresca y mar
porque hoy galopan los caballos cimarrones
de brisa estremecidos los relinchos
resuenan de placer hasta los cascos
y se frenan y se frotan y se alzan
al montarse enteramente.

BUSCO en tus ojos cargados
aquel alcatraz:
su polvillo blanco en tus yemas.
¿Dónde lo guardas?
        Se te humedecen los ojos,
    y los cierras, y te vas
        por sus venillas rojas
    al torrente donde tu corazón
        se encoge, se ensancha;
    y me haces ir
        hacia mi garganta desamparada.
Y el alcatraz está mudo,
nos entristece su blancura fugaz,
nos vuelve reales, y solos
y locos buscando esa frescura
        con los ojos abiertos, mojados,
    ¿te gustan estos ojos abiertos?

MUDA

En esta tarde husmea el silencio
mis heridas,
en este cuarto dormita lo querido;
y soy el miedo
y no puedo avisarle de mi hastío
que llega,
con sus ojos tristes, a robarse todo.

Encerrada su pulpa en el silencio,
no es nada la manzana dorada.

Reacia, corrupta su semilla,
no es nada la manzana plateada.

Agrio, su agusanado corazón,
no es nada, no es nada.

Desciende esa constancia fría, moja.
Despiertan los corazones profundos,
sus más verdes, sus cafés espesos como arterias.
Llueves,
las lombrices, sus cuerpos babosos brotan de lo hondo.
Un olor innombrable impregna la tierra.
Y cómo llovemos,
qué gota entre las gotas somos;
acostumbrados a la vecindad nubosa,

a la zumbante ceguera en que los pájaros se pierden.
Friolentos los cristales de nuestra casa errante;
de suave rojo fueron en las vocales amplias de la nube,
vibrábamos entonces con una luz prestada.
Estrechos y más grises, de esa consistencia somos
y llovemos.
Voy a creer que te amo en este estar cayendo tan a plomo.
Dime si piensas nuestro fin de alcantarilla.
¿Se muere así el agua en cada cuerpo?
¿O es sólo que esta lluvia me despierta
a la fiebre muriéndose en los huesos de su miedo?
O estoy a punto de dormirme
y el aborrecimiento jadea al resucitar
omnipotente en cada duermevela: y nos miramos acezando.
Mira las estrellas muriéndose en la noche;
la lluvia empapó nuestro resguardo.
Mira este rostro verdadero: nuestro dios se ha evaporado.

PÁJAROS

1

No DIRÉ que
  desgarbado o paupérrimo
es el mundo,
    pastillitas:
ustedes me lo calman;
sólo que
  nimio, nimio
con los pájaros ateridos
en el cráneo
    de esta primavera.

2

Pájaro de cabeza roja
en el follaje:
entre tú y yo se esponja
la tristeza.

3

Dos gorriones charlando
bajo las hojas:
la limpidez del mundo.

TODO un niño.
Nació como una mariposa que goteaba
en esta infinita celda de aire,
donde madres como niñas torturadas
y niños lejanos como dioses.

Hace tiempo
que no deja de ser ni ángel ni quemado.
Hace sueños
la furia mordiéndole las alas.
Todo un niño
sangrando, despojado,
desplegándose, amanece.

Son los años que pasan detrás del atardecer,
la música calumniada por la marea,
la espuma morena que queda en la playa
como un fechamiento del mar que revienta
en la garganta de un viejo que dice:
    "no es cierto que yo ya no vea"
            cuando nada es tan cierto como eso.

LA QUE NO MIENTE

LA TARDE va anocheciendo
y hay una angustia de árboles batidos por el miedo,
sus ramas azulean con el frío que mandan las montañas.
Hay lámparas que encienden sus latidos de luz
ante dos cuencas infinitamente sombrías;
cortinas como manos pequeñas que desean
cerrar esa quijada abierta, voraz y descarnada.
La sin rostro,
la de garras y uñas sucias,
la astuta acechadora que vacía vertiginosa los órganos del cuerpo.
Sí, la enorme.
Ya le entregó el viento esa agonía de hombres y de árboles;
todos los animales huyeron. Ya la noche se apodera,
sola, la de nombre oscuro;
heladez que permaneció agazapada bajo el sol
ha salido debajo de la tierra,
esperó para borrar los rostros,
volver a las nubes más espesas, establecer la distancia verdadera,
los huecos entre todas las cosas que palpitan.
Lejanía es la todopoderosa,
camina carcajeándose.
Hojas y ramas y troncos y miradas y labios
y manos que se acariciaron entienden temblando:
fue para el terror que avanzaron a través del día,
para ser desollados por la oscura,
esa inmunda, insaciable, la que no miente.

III

VOLTERETAS, señoras y señores:
en este espectáculo no hay programa previo,
en la pista se halla: ¡el Océano!
Carraspea el viejazo con movimiento verde
y tiende su barba de olas para los saltimbanquis de la espuma,
Bajamar tira la ocasión a Resaca,
y ésta ofrece rocas para los encuentros:
en sus poros fragantes, las algas,
con sus escobetillas plateadas danzan en honor de los/
                                      /deshabitados caracoles,
y el rumor de animalitos que escondieron sus rosáceas,
                                [profundas/
galerías vuelve a rebosar los bordes.
Dorándose en la arena ahora se destacan los reptiles,
una lagartija, por ejemplo,
se detiene sobre el mundo en rotación,
gira su cabeza, y con ella el sol:
he ahí la nueva perspectiva:
nuestra maga enseña manos, ojos, piernas,
aberturas y gemidos que no quieren salir a saludar.
Llegó el momento del equilibrista;
el señor Quien toma a la pregunta por el horizonte,
entre ayer y hoy
               un tigre salta aprovechando la abstracción,
y no hay malla protectora;
señoras, señores, con ustedes en la pista
                              continúa la función.

UNO NUNCA sabe en qué momento
puede necesitar a Beowulf

ni cuando aletearán los cuervos en la sala
antes feliz   alumbrada   con risas
uno nunca sabe cuándo
puede necesitar un caballo rojizo
que entre a galope en el patio
y sintiéndose preso
tumbe el cerco de hierro forjado por hábiles manos
uno nunca sabe en qué momento
será necesaria una pira llameante
para arder hasta el cráneo   uno nunca sabe

GARZA

Hoy le fue fácil amanecer
    garza volando
    ganzúa de las estrellas

Le fue fácil tomar al día por las orejas
    limpiarle la nariz azul
    sacudirle las flores de los ojos

Bebió del vino verde aún
             de la mañana
y comió parsimonioso su arroz diario
tocó el tambor de lata en la oficina

Y se vio   ganso salvaje
    mojándose en el cielo
    con bambúes y lluvia fina

Hoy le fue fácil y entró en la noche
    triste porque anochecía
    contento porque la estación
y el aire
    Hoy le fue fácil
        y quizá mañana.

HABLEMOS AHORA DEL PERRO

EL PERRO habita las ciudades
con su cuerpo duro;
con sus ojos siempre redondos,
transparentes, algo turbios.
Con sus patas no muy flexibles
el perro va dejando huellas
sobre la olvidadiza tierra.
El perro come comida sin nombre
es por eso que el hombre
lo busca por compañía.
Y no, no importa quién sea el amo,
la relación que tenga con el perro
será fofa, sentimentalmente inconsistente.
Aunque no haya patada
habrá dolor, o desapego;
y el perro nervioso,
el que arañó desesperadamente,
quedará del otro lado de la puerta,
bajo el dominio de la sombra
que aceleró su corazón;
y su rajado aullido,
su tristeza,
se disolverán en el ajeno aire.
Y su dolor irá a ponerse, como su cabeza,
entre sus patas,
a morir. Blandamente.
Y muerto el perro, será cosa muerta.
No, no ha habido, ni habrá dioses perros.

UNO NO ENTIENDE

HAY días en que uno quisiera
imitar ese poema de Beckett,
su recóndita quietud.
Los macilentos pasan.
Los destrozados a ocho columnas
disuelven el silencio.
La decisión, la capacidad de involucrarse
son ruidos nada más, dormitan.
El día se va, uno recuerda:
el texto estaba construido de cuartetas.

Hay tardes como golpes de Dios,
tardes de César Vallejo;
pero el ánima de uno, en su costumbre,
se siente apenas magullada.

Hay mañanas sin embargo en que los ojos amanecen
así, desadaptados,
y uno no entiende. Es el cuerpo
el que responde con sus manos tristes.
La indigerible flor del día
se mastica con palabras
que nos llevan a empellones a un espejo.
Llamamos a un amigo,
pero con él, que nos comprende,
se encarna, se incorpora
nos hurga el dejar de, pequeño o esquelético
caníbal religioso
y somos eso, no más, hasta tal punto.

GRAN CISNE

Como un párpado cansado se ha desplomado el ala
de un gran cisne sucio, ante estos ojos humanos,
ante el sol violeta: como para verle a Dios la cara.

Desde lo alto convocan las trompetas, la
sangre palpita, el ojo mira: tantas señales, luces,
semáforos: el apocalipsis está en rojo, enciende
lámparas, va apareciendo habitaciones y baja el tono
de voz para escuchar un tango: los que no hace mucho
tenían 17 años cantan, piden un corazón, el mismo
que perdieron con tantas penas y penitas
y pasan de un ¡ay! al otro y el Mesías no aparece;
y resulta que el animal más terrible es la rata, no
el dragón de los diez cuernos; y resulta que la vida
salta entre los charcos con el hocico húmedo,
y se detiene, husmea y en sus pupilas se hunde el sol.

REVELACIÓN INÚTIL

¿No lo sabes, niña?
El miedo y el demonio
anduvieron antes el camino
y te aguardan,
para marcarte con fuego,
para fundirse contigo.
La muerte y el pecado,
el miedo y el demonio;
pero, no te distraigas,
sigue estudiando el catecismo.

LAURITA CLAVA UN CLAVITO

En su infancia dorada
Laurita estudiaba
Historia Sagrada.

Ay, bucles, ay, ángeles chapeados,
farol del puente que cruzan los niños malvados:
dénme su color de cromo,
sus tonos de madre santiguada;
persígnenme,
pues todo niño es asesino,
todo niño es asesinado.
Dios que sobrevive a una mortandad de soles,
hermano que descoyunta a su hermana,
muere de noche, renace al día siguiente
sólo para ser descuartizado.

Laurita, clavas un clavito;
un clavito te clavan, Laurita.

Nueva deidad, el niño llora de aburrimiento
entre los viejos amos del panteón; y los venera,
los sahúma y se deja humillar,
los espía y se deja besar.

Rómpeme un plato, Laurita
y te quebraré la patita.

Todo niño practica hechicería.
Murmura ensalmos,

dibuja manzanas incendiarias,
jura, rasga, cisca, padece mal de ojo;
encuentra lo maldito al mirarse:
y es él mismo, no un reflejo,
sino su propio diablo en ese espejo.
El patio es un cementerio,
la cama un sitio condenado:
hay noches de osos crueles como gallos
y soledades en que las manos buscan
el fondo de una rosa.

Dime Laurita, ¿por qué desentierras
los huesos de la tierra?

Piel alerta ante diciembre o mayo,
ojos atentos a la nube y su vagar iluminado:
las hojas del día le revelan
sus más delgadas nervaduras,
los insectos lo llaman a grandes voces,
y danza el niño alucinado;
gatos y pájaros, perros lo observan ofrendarse,
destazar, ser destazado. Todo niño es sagrado.

GATO QUE RASGUÑA VIDRIO

En la ciudad   entre las gentes
se siente gato que rasguña vidrio
se cae del borde del papel al bote
rebota
        de ruido en ruido
Inoculan agentes cancerígenos los médicos
                    no lo hicieron
            ... pero les iban a pagar,
            y hasta tú lo harías por
                    dinero
oh Deo
        Me caum en Te   Se caum en Meu
en mi lengua de plastilina y saboreo el polvo
me teclean me martillean
            y en el estruendo
                        estallo
porque trituran hermanos
eructan lo que hay y lo que queda de nosotros.

PAPIRO

¿QUÉ espíritu inseguro nos dio nacimiento?
Quién comenzó a querer confundirse
con la inversa inmundicia del espejo;
el primero, el que sonrió viéndose el sarro.
Quién comenzó a cifrar un laberinto funerario
para nuestras voces.
Quién dejará su espíritu bombástico,
con remordimiento el glifo erosionable.
¿Qué seremos más que estos templos ciegos
donde con ahumazón nos hemos adorado?

SALMO DEL REPTIL

EL VERBO encarna en mi cola
　　　　　　　　alabado sea
　　El Señor
y mis patas de dinosaurio
que se hunden en la ciénega
　　　　　　　　Loado
　　el pterodáctilo
que vuela con sus alas membranosas
y su sangrienta gula
　　　　　　　Alabados sus ojos
　　　　　　　　y los míos
que lo siguen incendiados
La podredumbre que ensancha los hocicos
　　　　　　　¡alabada!
y mi hambre áspera　marrón
y el tufo del desierto que me excita
　　　　　　　Alabada esta furia
　　　　　el hundimiento　la tristeza
Porque son tuyos
　　　　　　Señor
porque has escrito en ellos lo que sucederá
por siempre
　　　　　　a tus criaturas

INSECTOS

Maté a la mosca
            su zumbido enerva
al mosquito
            insomne   insaciable
a la polilla
            y su ansiedad de luz
Aplasté lenguas ávidas
            alas obsesivas
            ojuelos indefensos
Destruí su pegarse contra un vidrio
            y el espejo
                        pero aún estoy aquí

LA HORA DE SALIDA

En mi reloj normal darán las tres.
He mascado hasta la última bolsita
del té de manzanilla.
He calmado mis inflamaciones.
Pero ahora que miro a la ventana:
qué parecido a un huevo estrellado,
qué frito, qué agotado todo por el sol.
Pero he bebido el té. Reposa
mi dolencia. Estoy segura
de regresar aquí mañana,
y mañana y mañana.
Sé controlar mis tiempos asolvados,
mis chillidos.
La acidia, los sofocos, las irritaciones,
los espumarajos que rompen en alegrías
frágiles y carcomidas.
La oscilación, el reflujo, el bamboleo.
Ahora estoy. Ahora no estoy.
Al rato quiero esconderme.
Salgo y no saludo. Sobrepaso la crisis
del adiós, hasta la vista
sabiendo que nadie me conoce:
todas las caras: mi cara
se distienden: a todo empleado llega
el trac del checador. Adiós.
Pero yo siempre me despierto
y me levanto. Mastico mis mañanas,
me las bebo: hasta que dan las tres,
y me despido y salgo a respirar

el polvo, las cobrizas tolvaneras.
Camino por las calles y el viento es celeste
y soleado.
Fuera de las escuelas enrejadas
los niños ríen sus descaradas primaveras
en tanto los mayores cuchichean.
¡Ah, los ojos nublados de los viejos!
Así fui, así soy, así seré.
Me siento como aquella señora sofocada
tras de sus flores moradas.
Huele a gasolina. Allá viene el trailer de la muerte.
Mi coche sabe a miel, a mí, a miasma,
me detengo.
Son ya las seis. En el silencio sin rostro y sosegado,
un animal azul y largo muge.

DESTRÚYELO, DÍA

ATORADO en mi garganta
frenético   enquistado
me infesta   de sombra lo alimento
se disemina en mí el larvario
no necesita sol   no duerme
finge morir   no puedo asesinarlo:
Destrúyelo, día.
La mañana se alza como ola
el viento riza mi falda
(residuo   no me ahogues)
piso la calle humedecida
la siento como luz colada de hojas
(amengua)
gentes   gentes
y el cielo verde de pájaros
(enmudeces)
Oleaje la mañana   brisa en el agua amanecida
(agonizas)
cantos que son hojas   hombres que son frutas
bocas como fresas
(te disuelven)

MESAS donde deformes, por fin, naturalmente. En horas de ceniza
sus ardores pequeños escalofríos. La tarde ha caído con el
pájaro, crepúsculo. Mudo, arenisca, sorda planicie, nublazón.

Mesas yertas donde están, lejos, divididos. Apelmazados. La

locura bien conoce las manos que ataron. Ocaso es, ocaso espera
con sus pies torcidos. Aquí, aquí, manotean pájaros difuntos.

Sueñan a enero y cedros cuando la tarde ya va cavando su hoyo.
Sueñan tintes rojizos, dorados. Tira las botellas el dormido.
Bote de basura. Sueñan la uva, la violeta. Cuerpos torpes
[reptando
en la lisura de las mesas donde chuecos, por fin. Camina sobre
ellos Pies Torcidos. Crepúsculo, crepúsculo.

Horizonte, lejano, siempre amaneciendo. Hay nidos, plumones
sobrevuelan, polluelos confusos. Cielo distante. Primavera abre
bajo las sábanas corolas. Alas piadosas y verdes alzándose entre
la luz tejida. Naciente siempre. Cómo juegan con la luz quienes
serán bamboleados por el viento.

Ceniza sus ardores. Desarticulados. Rostros disgregados cuerpos.
Blandengues, todos tibios. ¿Una gota rodará por sus mejillas?
Aquí, aquí, manotean pájaros difuntos.

ESTE hilo de sangre es la mañana,
estas piernas lejanas,
este frío. El aire indiferente
en que me ahogo.

El que me reconocía como espíritu
está muriendo.
El olor de la muerte encuentra el olor de la muerte.

FIESTA

RUIDO de camiones fatiga
la calentura de los cerros
en el mediodía.

Y los pies caminan,
van llegando,
            a rastras,
empujados por el polvo.

Destellan los pirules. Charlan
bajo las crujientes ramas
                    alas tornasoles.

El arroyo,
sus más frescos recodos:
agrietados.

Entre el barullo
    y el quemante abril,
algún cohete estalla
        en algún patio.

Danzantes pies y pies amoratados,
revolotean flamígeros penachos.

Bajo la soledad azul del cielo
                        se amontonan
        exultaciones y congojas.

SU CARNE DESOLLADA

VIERNES SANTO del polvo sofocante,
templo de la piedra, rezo de cal viva.

En la resequedad de marzo
callan las campanas;
la mañana se fatiga sobre el cerro
que se alza, que se quiebra
sobre el terrerío.

Santos cubiertos con paños luctuosos,
y el sudor impregna la penumbra
parpadeante, la devoción murmura
innumerables velas.
En oídos hastiados de sermones
resuena la vihuela y suena el cascabel.

Hundido en el gran ábside,
tundido entre claveles,
Cristo, ese pavor:
todas sus heridas escurriendo.
Punzan sus espinas,
su pus, su carne desollada.
Los magueyes puntiagudos,
las erizadas tunas
tiñen de sangre púrpura y granate.
El oloroso incienso difumina.
Cristo, un cráneo abotagado,
los rizos picándole las llagas,
como moscas,

parece bendecir al peregrino,
perdonar al penitente y al curioso
hombre hasta la muerte:
que es rezo en carne viva,
cuerpo que es un templo
bajo piedra su polvo sofocado.

ALUCINAN

EN LA noche de un auditorio
agonizante rito
              son los gritos
"¡fuego!"
          y al aire los cerillos
hacia el estrado
             donde un negro
ritma en piano
en frío   en ciego   una canción
"¡fuego! ¡fuego!"
          y quieren encenderse:
saber que están gozando
          y un músculo reptando
aprieta las gargantas
          en quejidos y chillidos:
silba   silba
          antes de que llore
aplaude
       corazón acontecido
brinda tu lumbre
         para este cigarrillo
de emoción: un pie
            una mano
dos manos un aplauso
           un flashazo
y todos los miedos se encandilan
congelados en una sola imagen
hasta que llegue el momento
        de ponerse en movimiento
y tomando sus rostros
   los disperse el silencio solitario.

LOS ÁRBOLES INSISTEN EN DAR HOJAS

Solar de casa derribada.
Bolas de periódico alimentando la hoguera,
manos que se frotan.
Cuerpo poroso donde se han sedimentado islas de sombra:
velador de ojos lejanos
        permeado a la helazón del húmedo cemento,
En esa lumbre crepita la yedra sin raíces.
Resquebrajado ha sido el silencio de la noche,
              humoso, entre los vidrios, amanece.

La de humedecidas manos, la que trata con jabones,
jergas ásperas chorreantes, en el patio de tierra
restregaba, sus miembros de mujer nutriéndose en la edad.
La de manos enrojecidas corrió cuando las sábanas
ondeaban lerdamente, y no logró dar con el bulto de la muerte.
Jadeando, empujada a fuerza de latidos lo envolvió:
su arrebol: el que le bullía, el que la tibiaba:
Dos metros bajo tierra yace
el hijo de sus huesos nace
un pensamiento moradísimo
sol de terciopelo
juego de reflejos las alas
los ángeles despostillados
ópalos fueron las lágrimas
transparentando la fuente
entre las tumbas
nardos y gladiolas
la mirada perdida
entre los fresnos que sombreaban
y durante el entierro un pájaro cantaba

76

y la tierra del panteón tan fresca que aromaba.
La de toscos dedos cierra la puerta, como un costal golpea.
Metálica petaca. Caja de cartón. Dos corazones de plata
oprimen su anular

> Un milagro, gran corazón refulge
> Ramo de cristal cortado, flores de pan
> Gracias, Señor.
> El lazo colorado. El trajecito que tenía
> cuando lo encontramos
> Misericordioso: dejo en silencio
> el gran favor que me concediste.
> Voy a ofrecerte a mi niño
> se murió el angelito
> y no quisiera, quisiera

con su corona de trenzas camina entre las calles como jetas
grises; con su peineta, enredándose en las cuerdas de su pena,
bajo la arrugada oscuridad de los inmuebles.

Mientras algunos dedos
tiran certeramente la canica
   (dedos de niños vivos)
        "no juegues con los muertos,
           te pueden quemar con su tristeza"
Haz el tamal, pon las naranjas. No me dejas descansar
¡Y ella fue la Virgen en Semana Santa! Niña sepia, alada
No llores más, mira esos ojos. El cuarto a oscuras, el vestido
                                   [negro
¡Santo Cristo, Madre Dolorosa! El luto brota manchas en la piel
Pon el chocolate, y un atado de cigarros. Yo nací después,
ahora tengo cuarentaiséis. ¿Cuántos dices?
Me deprimo, me despierto, me entristezco.   ¡Hija!

estás apenas en la mitad del camino. Quisiera amanecer bajo la
[tierra.
    Santo, Santo, Santo es el Señor Dios del Universo,
    llenos están el cielo y la tierra de su gloria.

El olor recién despierto de la hierba.
La luz, su pequeña canción. Aquella divina transparencia
posada entre las ramas
                comienza a calentar,
en sus empozamientos, en sus alcantarillas.
Su pavimento de rostro avejentado.
Las casonas ocres, los opacos ventanales, los hoyancos;
la ciudad es un perfil que se abandona al tránsito del ruido.
                                      Oscuros,
medio sordos, los templos dejan entrar a las ancianas
a musitar sus nombres tras los cirios.
      Las iglesias del centro de esta ciudad, florecidas,
labradas y hundiéndose. Las vecindades. Los conventos absortos:
por sus junturas, por sus canaladuras la pesadumbre escurre.
Son las últimas gotas de la lluvia
      junto a las vías del tren se están dando las mazorcas,
      los helechos se pudren en la sombra. Balcones turbios.
En las calles, en los edificios se murmura una historia
ensimismada:
con la garganta sola de su vida el tragafuego lanza llamas,
una moneda absorta le responde;
tres monedas de níquel caen dentro del pecho de María,
su fulgurante blusa bugambilia,
su soñante cuello en el país de los collares rojos,
tan lejos de las plantas de los pies, tan agrietadas.
Hay ciudades que ahuecan sus bolsitas de papel para vender más
chabacanos. Sus niños afrentados juegan con la sombra.

Hay muchedumbres de voces que apenas musitan. En los
                                        [camiones
se aprietan la cabeceante indiferencia, la llaga,
la sonrisa, el deseo que se fricciona con la urbe y se
desmiembra en calles tuertas.
En los llanos remolinea el grito de una ave sin memoria.
Blancuzcos toldos. Deshuesaderos. Herramientas adosadas a la
                                        [herrumbre.
Es ahí donde se posa, en el absorto nido
que le hacen los hombres picados por las moscas,
la perdida gente
            y su palabra es la basura, la esperanza, el terregal.
Creciendo en el salitre, los árboles insisten en dar hojas.

Vengo a mí desde el hundido espejo,
desde mis días vengo,
de mi cara, que no tengo.

Adiós gente, este refugio se duele con ustedes.
Borracha estoy de ustedes; no lagrimo.
Yo, que quise enderezarme, sólo existo.
¿Ven esa fe que yo no veo?

Acércate gatito, lame ese rostro adolescente
que recuerdo
con la furia enroscándosele adentro,
consolándolo esa lámpara encendida:
salió a todo correr del sueño
para encontrar su cuerpo rajado por el miedo.
Siéntate en su vientre, llena, con tu cuerpo tibio,
ese diafragma.

Come, entre el sueño y la muerte, la distancia dormida,
no la dejes darse cuenta.
Dame tus pupilas para caer otra vez en el vacío,
el vacío está lleno de sentido.

No el que grita más está más confundido,
no porque diga que se matará y se derrumbe
dejará de sepultarse mandando recaditos:
y si nadie los lee, será su misma sangre quien lo salve,
hormiga noble, sus intestinos hablando suavemente.
Dénme su mano, gente.
Es cierto, no razono más allá de lo que quiero,
entiendo con tristeza lo que mi hinchada voluntad permite.

Es amor el que busqué,
ese padre, esa madre que no ha habido pastilla que la calme,
esa dolorida, piedra que Dios convierta en pan.
Quería que fueras yo, pero bien hecho,
o he reconocido que es tu cuerpo
con el mío que responde: dulce luz de las acacias:
mis ojos se disuelven,
recuerdo mi piel cuando me palpas
y despiertan mis entrañas su mar de creaturas deliciosas.
Sé lo que es cuando despierto, insolada, ardiendo de frío
en la intocable, la roñosa noche;
y creo en los que se han vaciado los ojos, en los extorsionadores,
sé de los descuartizados lentos.

Sé que estoy en la playa porque aprieto mis puños
y solamente apreso arena, y porque estoy a solas pienso,
y sólo mis pensamientos huelen y se mueven.
Perfecto es lo que no piensa:
las conchas, los pétalos girando entre el oleaje.

Pero no deja el mundo de serme opaco sueño y transparencia.
Estoy aquí de nuevo, en mi garganta. No puedo irme.
Y aquel que se balanceaba con su despedazada conciencia,
aquel que no sentía su hedor, extraviado en la llovizna,
no entrará en mí con su bálsamo de pesadillas,
infinitos sus astros que se apagan.
No serán míos la borrachera ni el labial amor,
ni la mano desvelada, ni la consigna como una antorcha de papel,
ni, todavía, la pureza increada de la muerte.

ÍNDICE

I

Este libro se terminó de imprimir el 9 de octubre de 1984 en los talleres de Gráfica Panamericana, S. C. L., Parroquia 911, 03100 México, D. F. En la composición se usaron tipos Bodoni de 10:12 y 12:14 puntos. El tiro fue de 2 000 ejemplares. La edición estuvo al cuidado de la autora.